Sabine Schiffner

Wundern

Sabine Schiffner

Wundern

Gedichte

Quintus

wunder

schreibschreib

vom friesenplatz fällt
gold aufs gitterkreuz vor dem ich
stehe und auf das abgeblätterte am
fensterrahmen sehe
und durch das glas das mich vom draußen trennt
und den libellen hinterher die
richtung rodenkirchen fliegen wo sie
wohl wärmeres vermuten
das ist nur ein moment
dann lasse ich
den blick zurück zum hohenzollernring
zu dem es mich schon viel zu lange treibt
ganz sein
mit unverständnis darauf reagiert mein kopf
während die hand stets fleißig
weiterschreibt

heute nachmittag scheint kurz die sonne

da fällt mir ein dass ich
einkaufen wollte
dann fällt mir aber ein dass ich doch besser
nicht rausgehen sollte
dann lese ich die zeitung und höre das radio
aber alles alles verwirrt mich so
dann kommt meine tochter in die küche
sie kocht eine suppe und fragt
nach dem essen nach einer maske
mir fällt ein dass ich heute nacht
geschrien habe im schlaf
dann fällt mir ein dass ich schon einmal
zu hause blieb
damals als der atomare regen fiel
der von tschernobyl
dann setze ich mich an meinen küchentisch
trinke tee und tu
als wäre das alles normal
besser so
und als ich aus dem fenster seh
da hat die sonne
aufgehört zu
scheinen

durch den wind

ich bin wieder ein kind und
denk der wind würde mich forttragen
als hätt er flügel einen starken körper
wäre ein schwan der mich zur strafe weil
ich etwas böses tat mitnahm

ich bin wieder ein kind und
denk der dom vor dem ich steh fiel auf mich runter
ich bleibe trotzdem stehn und stell mir vor ein stein würd'
mich erschlagen und laufe zu den eltern hin die
können mir etwas beruhigendes sagen

ich bin wieder ein kind und
mir ist so als würde ich auf schlittschuhen auf
weitem eis laufen bin ausgesetzt und friere
und nirgendwo ist was zum festhalten
auf dieser großen domplatte der ach so kalten

ich bin wieder ein kind nun
hat der wind mich umgeweht und fegt
um das portal und kreischt und lacht
und freut sich über das was er hier mit
mir macht

super ach 1

wir kletterten von unserer Wohnung
aus auf alle dächer
mit einem cello und einer flöte in der hand
und unsere haare glänzten
ruhig bleiben sagte sie lass dir nur ja nichts
anmerken das mikrofon
nahm pfeifen zischen ruckeln rattern auf
das ist auch jetzt
fast zwanzig jahre später gut zu hören
nur die musik nicht mehr
die schluckte wohl der wind
wir fühlten uns obwohl zu zweit
wie ein verlassenes kind
alleine weit und breit
sie mit dem blonden
ich mit dem braunen haar
so filmte es die kamera
wir saßen einfach da
auf unserem dach
den dom von köln ganz fest im blick
und unseren kinderschuhen fast entwachsen
und spielten telemann und fanden uns dabei ganz
damenhaft und waren
außer rand und band und
warteten darauf dass eine
kamera uns fand

am friesenplatz

mein meerschweinchen hieß schnuppi
es ist auf alten fotos gut
zu sehen und es war
immer freundlich
und meine mitbewohnerin
stapelt den müll den
sie für kunst hält
meterhoch
dann brennt der teppich
dann wirft mich
ein dünner kranker mann
die treppe herunter
dann gehe ich zu unbezahlten sitzungen als nacktmodell
die narben decke ich mit pflaster ab
der arzt fragt woher kommen die
und ich erfinde ausreden
er schluckt sie schickt
mich dann zum neurologen
aber der findet nichts
wie sollte er auch
der dünne kranke mann
tut mir nicht gut er
lud paar obdachlose ein
die pinkelten in meine wohnung
in der der teppich brennt in
der das meerschwein schläft
der dünne mann schlägt zu
ich schweige immer noch
das meerschwein kann nicht sprechen

und die erinnerung
stecke ich dann in eine schublade
und werfe den schlüssel fort
so war es früher oft
nämlich ganz unschön drängend und
verworren
die guten
erinnerungen
gingen verloren

eine frau ungefähr mein alter und

sie ist nur halb
so groß wie ich
höchstens ein ganz klein bisschen
größer meine ich
als ich sie angucke
und sie entschuldigt sich jetzt
tausendmal dass sie mich angesprochen hat
das ist nicht nötig sage ich sie sagt sie sei in not müsse
nach bonn wo ihre koffer stünden im hotel
sie suche heute noch einen platz zum schlafen hier in köln
habe jedoch kein geld für eine unterkunft dann sagt
sie sie sei blindentherapeutin und wolle menschen helfen
deshalb sei sie hierher
gekommen aber ein zimmer koste zwanzig euro
das sei zuviel für ihr budget und ihre story
ist so wie es klingt erfunden ausgedacht
erlogen unwahr aber sie rührt mich doch ich
zücke schnell bevor ich mir's noch anders überlege
mein portemonnaie in dem genau zwanzig
euro sind da dankt sie mir viel tausendmal
für mein erbarmen
das ist nicht nötig sage ich sie sei schließlich in not
da sagt sie ja so ist es und
schaut mir nochmal lange
in die augen und sagt dann
immer geben nur die armen

schrei/cry

als das vibrieren des armbands mich weckt
liege ich mit verfilztem haar noch eine weile da
und bin zu müde um aufzustehen
und mir fällt janis joplin ein die heute vor
genau fünfzig jahren alleine weil niemand mit ihr
ging ihr hotelzimmer betrat und sich dort
einen goldenen schuss setzte und dann
fällt mir ein dass ich im schlaf geschrien
habe ich träumte
mein kind sei gestorben
und als ich auf meinen fitnesstracker sehe
zeigt er mir an dass meine schlaffrequenz
heute nacht im bereich von 70 lag
das ist in ordnung
und lange nicht gut
außerdem zeigt er mir an
dass ich dann dreimal in der nacht wach war
woran ich mich nicht mehr erinnern kann
das muss gewesen sein als ich geträumt habe
dass mein kind gestorben ist
ich rufe es sofort an
aber es ist lebendig
am morgen nachdem janis joplin starb
kam das telegramm des mannes den sie
liebte und von dem sie nicht wusste ob
er sie auch liebte
telegramme gibt es lange nicht mehr
ich stelle die uhr in den ruhemodus ziehe die
gelbe kunststoffdecke über den kopf
und schlafe ganz schnell
wieder ein

fürs leben gelernt

immer am nachmittag spielen wir
am zentaurenbrunnen und gehen
nicht heim bevor es dunkel wird
des morgens sind wir müde
wenn es aufstehen heißt und graubrot
gibt es früh am morgen
der lehrer nimmt die ledertasche und stellt sie neben das pult
er sagt heut üben wir mal für den ernstfall mit atom
dann kriechen wir unter die tische
und eine gasmaske hat einer meiner mitschüler
mitgebracht die gab ihm seine omi
dann schauen wir den film in dem
von einem kalten krieg die rede ist
und der sehr ernst ist aber
den wir nicht verstehen
dann jagt der lehrer uns
viel angst ein mit einem vortrag über das ozon und
dass das loch da oben immer größer wird
und autofreie sonntage gibt es vier stück
vor weihnachten weil irgendwo
paar ölscheiche wild geworden sind
die waren so ganz anders als die orientalen
bei karl may den unsere großeltern empfahlen
dann waren es die bösen terroristen
derentwegen sie unsere eltern körpervisitierten
während wir kinder aus dem inneren des blauen vwkäfers
neugierig auf die straße schauten
ein heil'ger schauer lief uns immer übern rücken
beim blick in die schwarzweißgesichter die

überall zur fahndung ausgeschrieben sind
ihr kinder dürft niemandem den ihr nicht
kennt die tür aufmachen sagt die mutter
und in der zeitung steht ein kinderschänder sei nun endlich
eingefangen sein name jürgen bartsch
der ist bei der von ihm so sehr erwünschten kastration verstorben
und als wir nachmittags
rund um den zentaurenbrunnen
mal wieder cowboy und indianer spielen
steht da ein mann und holt sein glied raus
da laufen wir so schnell wir können nach haus

erscheinung

gerad eben flog zwischen den
unbelaubten birken ein
zitronenfalter und zwar von
links nach rechts hervorgelockt
durch ungewöhnlich heiße sonne
die dieses jahr im februar erst zwei oder drei tage schien
sie macht den schmetterling zu einem flirren glitzern
aber mir kommt es vor als sei dies alles da
ein trugbild und nicht wirklich wahr
ich ruf dich an erzähle dir vom falter
du sagst
nun hat das jahr der seele angefangen
aber am morgen war das auto noch vereist und auf den
seen ist eine dicke schlittschuhschicht
vielleicht wird ihn auch eine amsel schnappen
die sind noch immer winterhungrig
und mögen zarte happen
singen schon frühlingslüstern ihre lieder
vom giebel
da fliegt der falter wieder
taumelt so schönheitstrunken vor sich hin
diesmal von rechts nach links
ganz unbeirrt in seinem streben
er wird die eisekalte nächste nacht
sicher nicht überleben

amseln und äpfel

in einem bundesland
im norden grassiert nun
bald schon eine ganze weile
die vogelgrippe
die bald auch hier zu uns
ins rheinland kommen soll
es ist november
es ist kalt
ein toller wind weht
der macht meine wangen rot
ich schaue blauäugig in meinen
noch fast grünen aachener garten
in dem die schwarzen
amseln fliegen und ihre scharfen
schnäbel hacken in die äpfel
die auf dem boden liegen
unter dem pfirsichbaum sind ein paar
gänzlich gold'ne blätter und als ich richtung
boskop geh fällt einer von den
äpfeln auf die wiese und zerplatzt
die amseln stürzen sich dann auf ihn und
treiben ihre gelben schnäbel
in sein ganz weiches weißes fleisch
und meine haut brennt immer mehr
und ist ganz rot
vom kalten wind den der november bringt
und der in alle poren dringt
die äpfel bäume und der rasen sind bald wintertot
aber die schwarzen vögel die sind so lebendig
dabei warnten sie heut morgen noch im radio
ganz dringlich vor der
vogelgrippe

schwärmen

die stare sind schon wieder da
ich sah sie eben droben fliegen
und es kommt mir so vor als
sei es gar nicht lange her
dass sie von hier aus losgezogen sind
und richtung spanien fortgeflogen
in einen fernen süden
an den ich diesen ganzen winter lang
mit sehnsucht dachte
ich schalt das autoradio an sie warnen
heut vor irgendwelchen pollen
an einer roten ampel muss ich stoppen und
kurbele das fenster runter
da kommt die luftig lichte flügel
wolke es ist als folgten sie dem auto die
flut von staren steht jetzt über mir und dann
verharren und zerfallen sie und fließen fliegend in
verschiedne richtungen zerstreuen sich
das lenkt mich ab ich sehe
ihrem auf und niedersinken hinterher
und drehe die musik auf leise
aber als ich dann wieder aus dem fenster
schaue da sind am himmel dort
nur noch sehr kleine punkte
und wenig später sind auch die
ganz fort

raketenstation im frühjahr 2021

und wieder blühen die narzissen
stehen mit weißem wachen kopf
auf langen eleganten stielen zwischen den
häusern den baracken und den schuppen

und wieder meine ich zu hören wie schwer er
atmet nebenan und
ist schon lang kein sauerstoff und
wenig hoffnung mehr

so viele jahre gingen hin mit frühling
und april und später kommen herbst
zeitlosen die auf den nackten böden
wachsen

und das von ihm besungene rotkehlchen und
auch der zaunkönig fliegen vom turm fort
in die lichten birken und die buchenhaine
habt ihr denn keine ehrfurcht

möchte ich rufen der
dichter liegt im sterben aber
alles atmet doch weiter
und immer wieder blühen die narzissen

longericher frühling

ein eichhorn kreuzt
die straße dann kommt
die katze schnurrt
und legt sich
mitten auf dem bürgersteig
ganz plötzlich vor mir auf den rücken
die rasenmäher machen
schon wieder alles grün
vernichten klee und löwenzahn und
gänseblümchen
die amsel schaut vom hohen first
ein eichhorn balanciert auf
gartenzäunen das tauben
pärchen fliegt nach schwerem langem
schlaf auf einen kirschbaumast
und eine erste stubenfliege
verirrt sich jetzt auf den balkon
die amsel pickt im
aufgeworfenen beet ein
eichhorn klettert an der birke hoch
bis in die linden lüfte
die katze tut als kenne sie mich nicht
und läuft schnell raus
aus dem gedicht

sittiche

der schwarm der sittiche zieht
heut wie alle tage von der flora kommend
am ebertplatz vorüber hin zum
rhein die sonne will bald untergehn
ich fahr am ufer richtung kranhäuser
der rhein fließt in die gegenrichtung
quert jetzt die adenauergrüne brücke
da sind sie ja schon wieder im
wettstreit mit dem wind beim
heil'gen severin in blitzend hellem
schnellen wendeflug
hoch übers klösterchen und
richtung der platanen das
war's dann schon ein letztes schrei'n
fort fliegen sie in den
abend
hinein

milagro

<table>
<tr><td></td><td>o libélula!</td><td></td></tr>
<tr><td>o libélula!</td><td>a lebilolu!</td><td>o libélula!</td></tr>
<tr><td></td><td>e libélula!</td><td></td></tr>
<tr><td></td><td>i lobúlale!</td><td></td></tr>
<tr><td></td><td>o lubáleli!</td><td></td></tr>
<tr><td></td><td>u labélilo!</td><td></td></tr>
</table>

o libélula!

wunden

geschenkt

von einem der nie schmuck schenkt wie er es mir so
gleich zu beginn unserer beziehung sagte bekam ich
einen übergroßen glasring aus murano

die perle an dem ring den mir der mann gab
mit dem ich dann die ehe einging hatte ich
selbst gefunden lange vor ihm vor dem theater

ein liebster gab mir seine uhr sagte er könne mich gut leiden
sie ist nur furchtbar schwer an meinen schmalen armen
nun hab ich was um das mich alle jungs beneiden

den ring aus weißgold mit dem diamanten von tiffany
überreichte mir eine große liebe zur verlobung
jedoch zur hochzeit kam es nie

das blatt papier mit dem lied das ich so mag
weil du es mir geschrieben hast vor vielen jahren
habe ich nicht mehr aber ich kann es auswendig
und singe es jeden tag

du heller herbst

einst warst du in der laune und maltest mir
zwei graue vogelflügel
und hast dir meine wünsche
in die ohren flüstern lassen

jetzt bringt das wetter wieder
überraschend blau und leuchten
eichhörnchen auch und igel die
so wie ich nach etwas suchen

du heller herbst mit deinem laub
von ginkgo wein und buchen
wirst du es wieder brechen
dein mir gegebenes versprechen

ich gehe schnellen schritts
zu meinem nordparkhügel
bevor die zeit schon wieder umgestellt wird
und die sinne trübt

ein schäfer treibt die herde an
die hunde laufen drumherum
die hören gut die bellen nie
husch husch nach haus bevor es dunkel wird

vor den verlassenen kasernen
weht ein kalter wind
und endlich tritt der abend ein
an dem die kinder bettler sind

dann warte ich nicht länger
nehme die zügel in die hand hol
mir den allerschönsten mann
aus einem digitalen land

muss blaue blicke haben
zieh ihm auch schwarze schwingen an
stehe nackt da und habe selber überall
so weiche rote wunden

und kalt wird mir wenn du als er
mich streichelst kommst oh
heller herbst willst du es wirklich brechen
dein mir gegebenes versprechen

goldruten

mir bleibt von meiner neuen heimat
dort ganz im westen meines kalten landes
dies bild das seh ich durch die kamera
in dem moment als wir gerade beide
online sind du bist
ganz nah am telefon du
gehst durch deinen garten und sagst
der regen hört hier selbst im sommer
niemals auf du zeigst mir dann
das grün das wuchert
deshalb weil ich zu lange fort bin sagst du
das alles ist für mich so fern
wie mancher der sterne
am inselhimmel
des august
die gelbe blume da
blühte genauso heftig
als ich noch bei dir war
du schaust ganz traurig in die linse
so dass ich selbst auf einmal nicht mehr weiß
wie ich noch heiße wo ich herkomme und so
und du verwirrst mich mit dem hinweis
auf die blumen und auf einmal sagst du
ich ginge dir nicht mehr aus dem sinn und
du könnest es kaum aushalten bis ich
wieder bei dir
bin

hosentaschen

ein portemonnaie aus schwarzem leder und
dann ein kamm und etwas das sich anfühlt
wie ein geldstück die autoschlüssel auch von denen
es kein doppel gibt dann dachte ich das war es schon
doch da ist noch die brille im etui
die karte auch vom letzten kinoabend
der kugelschreiber
den du mir jetzt reichst
zum aufschreiben
da ist
von einem nichtgekauten kaugummi der rest
ein krümel hier und da ein staub
daneben haustürschlüssel
und dann der zettel mit den guten worten
dort hast du dir die codes notiert
auch den vom handy das du immer bei dir trägst
und das jetzt ausgestellt ist
das taschenmesser marke opinel ein kompass
alles wartet lang schon darauf dass ich's berühre
aber am meisten du der du mich spürst
und meine hand die du in alle deine
taschen führst.

lust

du hast
wenn du denn unzufrieden bist
und auch wenn du denn glaubst
dass niemand hinschaut
so ein gesicht
das sieht fast aus wie das von einem heiligen
so wie nur ich dich sehe
wenn ich mich kurz bevor ich am morgen gehe
noch einmal unter dich lege
du trägst dein dunkellila hemd beim liebe machen
das ziehst du manchmal an
damit ich's weiß
das macht mich fertig
aber mit deinen heute fast verschlossenen augen
schaust du jetzt gerade einmal nicht zu mir
ganz zärtlich tippst du nun
ins display deines handys
du wartest nicht auf mich
und ich betrachte dich
dabei
du hast das touchpad fest
im griff ich sehe es genau
du hoffst so auf ein bild
etwas das aufscheint
dich ergreift

die kraniche

die kraniche sind wieder da
sie fliegen schreiend und im keil
über die häuser hin
und in den unbelaubten birken ducken sich die krähen
sie krächzen hässlich heut
wir sangen immer damals du wusstest die akkorde auswendig
ich hatte nie probleme mit dem text

die kraniche sind wieder da und
dabei ist mir so als seien sie erst gestern
fortgeflogen und sei es gerad erst ganz kurz her seit wir
gemeinsam losgefahren sind nach bonn und
auch nach gorleben in bussen und
mit groß und klein damit wir die atomkraftwerke
loswerden damit es wieder friedlich wird auf
erden

die kraniche sind wieder da
und du bist ganz weit fort vielleicht
sind sie an deinem haus vorbeigezogen und
hast du gerade hochgeschaut
und hast gesehen wie sie in großem bogen von ihren
stoppelfeldern aufgeflogen sind bis hin zur abendruhestelle
auf einer insel mitten im zugefrorenen see
die tief im teufelsmoor versteckt
auf ihre leis und lauten wintergäste wartet

jetzt höre ich wie sie ein lied singen
die kraniche sind wieder da
fliegen im keil trotzen den winden
du fragst dich vielleicht auch wie alles wäre wenn wir
weiter gesungen hätten und auch ob alles gut geworden ist
und weißt nicht mehr wieso es so kam und nicht anders
ich schaue hoch die kraniche schreien schon wieder und dann
fällt etwas winzigkleines in mein auge rein

wir sind so fragil

der fuß ist am morgen ganz dick
von einem stich die mücke
flog längst wieder fort und ließ
den fuß so zurück
ich kann nicht laufen
sage ich dir und zeig die dicke beule
hier schau das war einmal mein fuß und auch
die augen schmerzen noch vom lesen
gestern nacht
dabei bin ich doch gerade erst erwacht
du streichelst sanft über meine arme und
legst die finger auf meine augen bis sie sich schließen
ich kann nicht schlafen sage ich
und lehne mich an dich
und gebe mich
deiner berührung
hin

morgens

es graut
du siehst so glücklich aus
eben hast du noch mit mir geschlafen hustest jetzt
ich bin ganz wach und wälze mich in heiß
und kalt zugleich du
liegst in deiner weiß
und hellblauen bettwäsche
und deine augen sind
verschlossen und traumgrau
jetzt hustest du wieder
licht fällt durchs fenster
und durch die halb durchsichtige gardine
du lachst im schlaf
ich schaue zu dir hin warte darauf
dass du erwachst
auf den moment des austritts
aus dem schlaf und darauf
dass du dann
in meine augen schaust wie vorhin noch
nun fällt das fahle blaue morgenlicht
durch die grüngoldene gardine
auf dein gesicht
es graut
du siehst so
glücklich aus

wie mich das traubenkraut fand

du knipst aus der
tomate eine stelle fort so
kann sie sich verzweigen
dann löffeln wir die grüne götterspeise
du sagst zieh bloß das brautkleid
aus das passt dir nicht
und die tomate hat noch lang nicht rote haut
ich nippe von dem silberlöffel
götterspeise die reichst du mir sie ist so
süß so weich und riecht nach
waldmeisteraroma
dann fliegen wir du sagst
sieh doch du träumst deshalb
bist du jetzt nackt du brauchst
dich nicht zu schämen ich tat
statt wodka dir k.o.tropfen in
dein dessert ich fühle mich wie
eine fremde art ich bin ganz leicht
und meine öffnungen
liegen ganz schutzlos hier vor dir
du knipst mit scharf geschliffenen nägeln
das kleine ding weg das erwachen hindert
so seid ihr frauen alle sagst du tut so
als ob aber im grunde wollt ihr nicht ich
weiß wohl was du meinst es fällt mir schwer
ich kann mich nackt nicht wehren was
rede ich du bist nicht misogyn ich bin
ein neophyt ich bilde mir jetzt ein
das waldmeisteraroma sei natürlich und

nicht aus sägespänen du hast mich in der hand
sagst mir abwechselnd dass ich gut bin oder
schlecht oder dass ich das vogelfutter unterm
häuschen essen soll ich tue das für dich und
denke dass es giftig ist oder
auch nicht habe schon alles gute ganz vergessen
und fühle mich wie eine fremde art
schau alles mit erschrocknen augen an
du trägst dein schönstes gärtnerhemd
und fütterst mich mit traubenkraut sagst dann
ach übrigens und
deine allergie ist nichts als
einbildung
gewesen

gespräch mit dem goldfisch

bist du genauso traurig wie ich
hör ich mich sagen
weil du alleine schwimmen musst nein
du bist gar nicht traurig denn du hast
dies große glas
von dem aus du mich nun betrachtest
doch ganz allein für dich

siehst dich auch ganz bestimmt
im spiegel von der glasscheibe
von vorne und von allen seiten
wie groß du bist wie golden
mit deinem eleganten
flossenschlag drehst du schon
jahrelang deine runden

nein nein du bist nicht traurig und
es sieht so aus als hättest du in deinem
eremitenglas ein ganz spezielles wissen
ich wünsche mir dass es so ist als du
auf einmal zu mir hinsiehst
und den mund so verziehst
als wolltest du mich küssen

freut

das mädchen lachte
der junge lachte
das mädchen sah den jungen an
der junge sah zum mädchen hin
das mädchen dachte
der junge habe geguckt
und dann über sie gelacht
der junge aber hat gelacht
weil er gedacht hat
es sei nicht gut
dass das mädchen lachte
und sich über ihn
lustig machte

verschwunden

was für immer verschwand

ich geh auf meiner straße vor mich hin
da kommt der wilde milde sanfte wind
und fragt mich dann wo es geblieben ist
was er mir anvertraut vor siebzehn jahren
drei kinder pflanzte er in meinen
wirren bauch unter das zwerchfell
unter das herz über den schoß
wo sind sie bloß
ich geh auf meiner straße vor mich hin
von zweien habe ich noch fotos
eines kam aus dem mühlenteich
sah mich mit nassen blassen augen an
das zweite hat die fingernägel rot
und seine feinen hellen knochen
sind so wie die von den gazellen
ich geh auf meiner straße vor mich
hin die frage die der wind
mir in den kopf gesetzt hat lässt mich
nicht mehr los ein foto gibt es nicht
wo ist es bloß
das dritte kind
das zu mir kommen sollte
das wollte das
wollte

schlaflos

dein schlaf sagst du
ist eine graue maus
aber ich habe ein heimchen im haus
das treibt mir schon eine weile
die träume aus
drum such ich das heupferd
und fang es ganz fein
mit einem seidenen lasso ein
und trag es dann ganz schnell raus
deine maus aber schnurrt singt
schlaflieder deckt deine augen weich zu
sagt sogar gute nacht, du!
während mein pferdchen draußen noch schreit
zirpt und fiedelt und dermaßen laut singt
dass die nacht wie ein voll beschäftigter tag klingt
als ich aus dem fenster schau
steht es in seinem
graubraunen rock auf dem rasen herum und
schaut sich nach einem frauchen
um

dies lied von bob marley

das mädchen das ich
eben noch im arm hielt das
jede nacht zu
mir gekommen ist lacht
mich ganz plötzlich nicht
mehr an und sagt es will
auf eine tour gehn die es
um die ganze welt führt und vor
allem ganz weit fort von
mir und hier

gerad eben suchte ich doch
noch nach namen
nahm sie aus manchem märchen
nannte es rosenrot oder schneeweißchen
und guckte ihm als freundin erst ein ganz weiches
schaf und dann eine hellrosafarbene prinzessin aus
jetzt nimmt es seine jeans und reißt da löcher
rein und zieht sie über seine
viel zu langen beine
oha
davon verstehst du nichts mama

das mädchen das gerade eben noch
singend in die schule ging
und mittags hungrig heimkam
übt jetzt nachts nächtelang auf der gitarre lieder
die habe ich noch nie zuvor gehört
auf englisch das muss sein deutsch ist nicht guay

doch dann kommt eines
das ich kenne und ich bin ganz still
obwohl ich am liebsten mitsingen will
no woman no cry

frost

die duftgeranie kommt im november noch vor dem ersten frost
ins haus sie steht nun auf der fensterbank
und muss gegossen werden und
meine tochter lacht am abend als sie sie streift und sagt
hier riecht es so wie in dem land wo die zitronen blühn
und fährt am nächsten morgen von köln aus los
mit einem koffer voller warmer wäsche
in polen so sagen es die prognosen
soll es im januar ganz bitter kalt werden
der bus mit den schülern
macht einen halt in buchenwald
das ist schon ganz schön weit im osten
weimar liegt auf dem weg
und verspricht jede menge kultur
die sie mitnehmen sollen auf ihrer tour
nach auschwitz dem ziel ihrer reise
denn dort ist grauen nur
kaum ist der bus fort wird es
auch hier kalt und kälter und
ich gieße die pflanzen im haus
und es riecht nach zitronen
blättern und nach altem holz
und ich denke an meine tochter
in ihrem bus und
daran dass ich
irgendwann sterben
muss

asche sehen

mein mädchen ging den weg
vom stammlager bis hin zum
frauenlager und wieder weiter
bis sie dann an den seen war die
werden nie mehr
blau sagte man ihr vorher und
als sie dort am wasser stand
und alles wasser grau war
da kam es ihr so vor als
würde sie des eignen lebens
nie mehr froh sagte sie mir
und brachte schmutzige schuhe
mit aus polen wo sie
vom stammlager bis hin zum
frauenlager ging
und dann bis zu den
ascheseen

eingeschlafen und erwacht

der säugling dort an meiner linken brust
saugt schon seit stunden ohne
dass mal milch kommt aber
aus meinen augen fließt reichlich flüssigkeit
ich kann nicht schlafen weil es schmerzt
und nehme dann ein gelbes tuch und
wickle es dann um uns beide um mich und um das
kind von dem ich nicht
mehr sehe als seinen neugebor'nen
kopf da wird es schwächer
lässt das saugen sein
schläft hungrig wimmernd ein so
ist es gut sage ich halte es fest
im tuch und drücke es an meinen
leib damit es warm bleibt und ich auch
ich würd am liebsten schlafen kann
aber nicht weil ich doch wachen muss
bei meinem kind
dann sind ganz plötzlich zwanzig jahr' vergangen
das kind ist lange nicht mehr mein
als ich erwache
bin ich wieder allein

klappern auf dem asphalt

es regnet heut dazwischen fällt
sogar noch etwas schnee und
das ist kurz nach karneval wenn
noch nicht frühling ist
als ich das hufeklappern hör
geh ich zum fenster hin
um rauszusehen da reiten sie
vorbei zwei mädchen stolzen blicks
auf hohem ross behelmt und
in den handschuhhänden eine gerte der regen
fällt die hufe klappern auf asphalt
es ist schon lange her dass ich ein pferd
bestieg und durch die landschaft ritt und einen
helm trug in der handschuhhand die peitsche und
alles wird jetzt warm und weich und
schaukelt sehr und dann ist mir als spürte ich
das schwanken und als hätt ich keinen grund
mehr unter meinen füßen
und als ich wieder aus dem fenster seh
da sind sie so weit fort von meiner welt
als wär'n sie niemals dagewesen und
auch das hufeklappern
dort auf dem asphalt
ist gar nicht mehr zu hör'n
und regen fällt

weihnacht

ein kind klebt an meiner brust
das weint still in sich hinein
besonders wenn ihm kalt ist an den händen
ein zweites liegt eintätowiert in mir
an den stellen wo ich empfindlich bin
zum beispiel im nacken
ein drittes wurde abgetrieben
mithilfe eines zuschusses vom sozialamt
eines ging von alleine ab
das ließ sich nachträglich
nachweisen durch hormonspiegelungen
alle alle lege ich an weihnachten in eine krippe
da verschwinden sie spielend und so spurlos im heu
dass ich sie nicht mehr finden kann
zurücktreten sagt eine stimme hinter
dem beschlagnen glas
das die krippe von uns zuschauern trennt
ich blicke auf den eiskalten boden
und plötzlich
als ich die luft anhalte
erscheint das gesicht des HRRN aus dem nichts
aber mein atem
den ich nicht zurückhalten kann
legt sich dazwischen
und verwischt das bild
wieder

meine mutter und ich

meine mutter spielt ihre flöte ich
kenne noch keine noten die töne fliegen hoch
die kommen mich zu betören

meine mutter singt ganz leis die nachbarn
hören mit ich lache das ist schön
wir wollen keinen stören

meine mutter tanzt am abend bald ist
dein vater da ich schwebe hin und
her die mutter ist so nah

meine mutter streicht sich morgens als erstes
übern bauch ich spüre ihre sanfte hand
hinter der dünnen weichen wand

meine mutter spielt ihre flöte das
macht sie nur für mich und wenn sie mit
mir spricht wird alles hier drin ganz licht

gefunden

und in der ferne

und in der ferne bellt ein
hund zwei männer wandern übern
grat den sie erreichten weil
sie mit der seilbahn fuhren
die rosen trocknen vor der tür ihr rot
ist nun schon gar nicht mehr zu sehen
aber da leuchten himbeeren die
in des nachbarn garten wachsen reifen
am weinberg fährt der
bus vorüber
und die zitronenfalter fliegen fort
vom platz unter den weinstöcken
auf dem ich sitze und in die ferne schaue
der salbei blüht
nachtkerzen leuchten
die mutter sagte früher immer
sei du doch froh du bist gesund
und in der ferne bellt ein hund

postkarte aus klajumi

es sind die schwalben die singen
und mich auf wundersame gedanken bringen
ich denke daran wie ich an einer schwarzen mühle saß
preiselbeeren mit saurer milch und geräucherte flunder aß
die schwalben sind unter das dach geflogen
die wolken so schnell vorübergezogen
schwarz steht und starr die alte mühle da
der wind weht um ihr spitzes dach
in das die schwalben
zum mücken kriegen fliegen
es sind dieselben schmalen vögel
die sich noch immer in den lüften wiegen
hinter den wanderdünen wo der wind manchmal steht
und wo sich der mühlenflügel schon lang nicht mehr dreht

regen fällt

doch nur ganz kurz
und alles atmet auf
die tropfen die dann nicht sofort
verdunsten liegen wie tau auf einer
grünen plane die das stroh bedeckt
das holz der zäune bei den weiden
ist nun nicht länger grau
sondern wird braun
der regen netzt die früchte
dort am pfirsichbaum und setzt
sich an die töpfe die voll hibiskus sind
der öffnet erst am abend seine blätter
nur die zichorien stecken schon morgens
die blauen köpfe aus der
knochentrockenen erde
auch eine rot und weiß gestreifte blume
die ich vorher noch niemals sah blüht auf
das alles dauert eine viel zu kurze weile
dann kommt die sonne mit
doppelter kraft zurück sie glüht
und binnen kurzem ist alles wieder
vertrocknet
verblüht

bergen

I hate mountains, even from a spectacular point of view.
George Orwell

die alpinisten schauen auf den fotos
von früher so verbrannt
durch ihre viel zu großen brillen
du lachst als ich das sage
je höher ich nach oben steige desto tiefer
fürchte ich zu fallen
du sagst halt dich mit einer hand an
meiner schulter fest
du suchst die höhenmeter
auf den karten und
findest dass es sich erst ab 1000 metern lohnt
und anfängt interessant zu werden
hier stehen wir und sehen in
die stein'ge ferne du
fühlst dich gottnah und erhaben
ich bin wieder ganz klein
und meine knie zittern
die berge sind zu groß
zu steinig und zu alt auf
ihnen weht ein scharfer kalter
wind der wehte manchen schon vom rand
ich drohe auch hinabzufallen und
in der zeitung stünde dann dass
wieder mal ein mensch
beim wandern in den bergen spurlos
verschwunden ist

wenn der kuckuck ruft

immer am 15. april oder auch mal
einen tag später kommt der
denn er liebt die verspätung nicht
hier in brumby heißt es dann
dort auf der anderen straßenseite
wo die arbeiterhäuser
stehn ist wieder einer weniger
die witwen und waisen hören
ihn und schütteln das wenige
geld in ihren taschen und hoffen
dass sie sich davon noch etwas
kaufen können
kuckuck kuckuck sag mir doch
wieviel jahre hab ich noch
wagen sie nicht zu singen
aber sie denken es
und schummeln über dem schinken
na klar der kuckuck ruft
in brumby und wirft seine schreie
auf die andere
straßenseite und weit hoch in die
blaue luft

der mond über dem mtkwari

als notre dame brannte

saßen wir im frühstücksraum eines hotels
am flughafen von tiflis und aßen das weicheste weiße
brot überhaupt und darauf die gute georgische butter
gemacht aus der
milch von winzig kleinen kühen und
ein riesiges omelette gab es auch und die zahllosen mütterlein die
dieses omelette in einer eisenpfanne gebraten hatten
saßen rings um uns nickten lächelten und sahen
wie es uns schmeckte und dann führten
sie uns in ihren weinkeller und gaben uns jungen
georgischen weißwein zu trinken der war golden und herb
und machte heiter und anschließend führten sie
uns wieder in die küche
wo der fernseher lief
und sie lachten und zeigten ihre
kaputten zähne während uns die tränen
über die wangen liefen

ein alter taubenteppich im schriftstellerhaus in tiflis

da links das musst du sein in dem alten orienttepich
der so voll blumen und auch wunderbaren ranken ist du
schaust aus weichem wirr mit gurren
und rechts das könnte ich sein oder ist es jemand
anderes ich stehe doch davor bin noch nicht
da wo sich mein ich und du völlig vermischen
du schaust von deinem dick gewebten
taubenteppich zu mir runter er hängt in einem
blauen zimmer in der machabeli street von wo
der blick durch das gardinenfenster bis hoch in die berge geht

ja links das bist ganz sicher du in diesem alten orientteppich
du trägst ein graues federkleid der teppich hat strukturen
wo man ganz nahe rangehen muss um zu erkennen
wer da denn sichtbar wird zwischen den roten und den
blauen blüten den eichelhähern spatzen und den blättern
jetzt komme ich dazu und stehe rechts von dir mit
grauem federkleid und hocherhobenem kopf und nackten zehen
so kann ich zu dir hinsehen und du siehst auch zu mir
in diesen teppich eingewebt
stehen wir da als wollten wir bald losfliegen

der mond über dem mtkwari

die sonne über dem großen kaukasus ist meine
mutter der mond über dem heiligen
mtazminda ist mein vater und ein fluss fließt durch
meine stadt der heißt mtkwari bei uns
und kura nennen ihn die russen
die nicht wissen dass er auch mein vater ist und
darüber gehen die blitzenden blinkenden
sterne hin und da unten in den
dunklen straßen stehe ich und sehe hoch
da steigen meine brüder und schwestern auf
einmal von oben herunter zu mir und da
ist der mond nicht länger ein fluss sondern
ein schwarzer löwe der brüllt
und die gestirne nehmen
mich an der hand und führen mich ans
ufer vom mtkwari und ich schaue in seine fluten in denen
sich die felsen spiegeln und
allüberall leuchtet ganz pur und ganz rein
des mondes silberner schein

estragon und walnuss

eine pastete die sich ganz
leicht mit messer und gabel öffnen lässt
enthält ein grünes herz

von den balkonen hängt weinlaub
das beschattet die straßen von
tiflis

hier duftet es nach rosen
die hunde laufen stets geschäftig
der fluss fließt träge und braungrau

eine gefüllte nudel die sich
ganz leicht öffnen lässt und darin
ein herz aus walnuss

morgendämmerung

der nebel steigt vom boden hoch
ich bin ein kind und sitze stolz
dort oben auf dem ochsen vom
bauern ehlers der zieht den pflug
da ist die mutter
har har hari
hara ich bin ein kind und meine mutter
gab mir meinen namen
führt nun den ochsen übers feld
es steigt der nebel aus den furchen
der pflug durchpflügt die winterkalte erde er
reißt und bricht ich singe mit den
morgenkrähen ein nebellied im nieselwetter
und meine mutter schiebt den pflug ich sitz
im kleid auf diesem ochsen und es
ist kurz vor ostern und
jetzt geht auch mein vater mit hinter dem pflug
und singt hari hara und nun vergeht der nebel
und die paar krähen fliegen erschreckt in der luft herum
und wir gehen weiter über das feld
immer in richtung
ochtum

gedicht

die habe ich heute morgen im
wald gepflückt sagt sie und drückt sie mir
in die hand
das macht dann 15 lari
und sagt mir auch dass sie
im morgengrauen aufgestanden ist
mit ihren achtzig und mehr jahren
und in den wald gegangen um sich
unzählig mal zu bücken

für diesen kleinen strauß
nun vergiss ja nicht sie zu erwähnen
in deinem gedicht die roten
und rosa und paar weißen
alpenveilchen
die alle zu pflücken
dauerte ein ganzes weilchen

den pruth suchen

„I had a home“

der briefkasten ist aus metall
er hängt am haus des dichters den
sie im jahr neunzehnhunderteinundvierzig
bei nacht und nebel abholten

mordechaj bluma szyfra basia und lola
deren adresse die ul. berka joselewiczca 5
gewesen ist können da heute noch briefe bekommen
briefe lesen briefe schreiben

die kellerfenster stehen offen
man kann des dichters foto sehen man kann
des dichters stimme hören er singt seinem haus
seinem leben adieu er hatte nichts mehr zu erwarten

ein briefkasten aus metall und wenig mehr ist übrig
geblieben siebenundsiebzig jahre nachdem sie
die ganze familie ins ghetto getrieben und umgebracht haben
und anschließend im nirgendwo verscharrten

kazimierz/krakau

die kuchen
dort im schaufenster
sehen wie thorarollen aus
eine straße weiter wohnte
mordechaj gebirtig
mit frau bluma und drei kindern
die fenster im keller des hauses aus
dem sie ihn holten
stehen nun offen
da schaut jeder rein und kann ihn
singen hören
und in den nahen synagogen
brauchst du die kippa nicht aufzusetzen
die frauen am eingang lächeln
den gästen aus deutschland
freundlich zu
vor einem café
blüht die braunäugige susanne
fünf złoty kostet dort
eine tasse melange mit
mohnstrudel

endstation

der pendelbus vom lager
auschwitz I bis hin nach birkenau fährt alle
zehn minuten es ist ein ausrangierter
bus der stadtbetriebe düsseldorf
der rappelt rattert ächzt
die ganze lange strecke von
auschwitz I bis hin nach birkenau
an der endstation steigen wir aus
und gehen zu fuß bis zur rampe
wo ein alter zug steht
der ist von neunzehnhundertdreizehn
die firma wittmann haspe baute ihn

als die besichtigung von birkenau
vorüber ist entlässt uns unser guide
wieder an derselben haltestelle
an der wir angekommen sind
an der der pendelbus aus düsseldorf
schon wartet
er fährt von hier aus alle zehn minuten ab
lädt touristen aus lädt touristen ein
und fährt uns wieder zurück bis
hin zur haltestelle auschwitz I

gleise

wir fahren
über gleise
die von der rampe aus
durch das tor birkenau führend
die straße schneiden
dann geht es weiter entlang von gleisen
die ins dickicht führen und plötzlich
abbrechen
wir sehen
gleise die überwuchert sind
dann wieder gleise die
normalität vortäuschend
direkt neben der straße stehen
wir wundern
uns über gleise
die einer zementiert hat die durch
gewerbegebiete gehen dann
ragen sie in ein wild wucherndes
randgebiet das
wir queren
dort die gleisspuren sind
längst überteert dahinten
werden sie wieder weitergeführt
und wir werden
entlang der gleise
durch die stadt
gebracht
aber
kurz vor dem hauptlager

hören die gleise plötzlich auf
da ist schluss
dahinter beginnt
die erschreckende
die gleislose
landschaft

was übrig bleibt

der himmel über birkenau
blickt gleichgültig
auf das feld
auf dem die schlote
in rot orange braun und grau
erstaunlich aufrecht dastehen
von den baracken sind nur noch
grundrisse zu sehen
die holzbalken holten sie heim in ihr reich
erklärt der guide
sie ließen wenig übrig
die zäune mit den stacheldrähten
die scheinwerfer und wachttürme
wege die
mit sand mit splittern und mit stein bestreut
und rasen der heute sehr trocken ist
da
wo wir jetzt hinlaufen
diese trümmerhaufen
das sind die überreste von den krematorien
auf alten fotos sieht man sie noch ganz
daneben bäume die schon damals wurzeln schlugen
und heut bis hoch auf in den himmel ragen der
auf den fotos schon so gleichgültig
und schwarz weiß blickt
hinunter auf den schreckensort
und seh ich hoch zum heute blauen himmel
und frag ich warum
bleibt er still
gibt einfach keine
antwort

ozonschichtgedicht

zinnien calendula und cosmeen
blühen in den vorgärten der bukowiner
dörfer genauso schön wie daheim wo
aber die sonne dieses jahr schon wieder
so heiß scheint dass alles verbrennt
was nicht bei zehn unterm baum ist und
der lässt obwohl wir stadtbewohner ihn
noch und noch gießen ja doch seine
buchen eschen lindenblätter fallen so
dass zinnien calendula und cosmeen
dieses jahr in den vorgärten der stadt köln
vertrocknen während in der ukraine die blumen
ihre gesichter freudig der sonne
entgegendrehen

den pruth suchen

steigst du den hügel bergab
entlang einer der juri gagarin straßen
kommst du zur scholem alejchem und biegst
dann nach rechts ab den graffitiwegweisern
folgend die in unregelmäßigen
abständen vom zentrum aus auf das bürgersteig
pflaster gesprüht sind und die dort hinführen sollen
wo du unbedingt einmal gewesen sein willst
und gehst weiter
vorüber an traktorfabriken gewerbegleisen
und plötzlich im nichts auftauchenden grandhotels für
rumänische trucker
und steigst du dann auf den deich siehst
das ufer vor buchen nicht hörst den fluss nicht in den
du eigentlich tauchen wolltest was sie dir aber in
der touristinfo ausredeten der sei voll kleiner tierchen also
bakterien sagten sie aber wenigstens die füße willst du
hineintauchen die bakterien sind doch keine piranhas sagst
du und stellst jetzt fest dass das ufer so stark bewachsen ist
mit den buchen der bukowina
dass zum fluss zum wasser des pruth
kein durchkommen ist

hier fegt man die straßen mit rosensträußen

die rotgoldene stadt ist bis oben auf den
bukowiner berg geklettert und hat
überall blumengeschäfte
auf staubigen bürgersteigen
gehen frauenbeine in sehr hochhackigen bunten schuhen
die männer die hier sträuße kaufen
können das tag und nacht tun
ein trompeter steht auf der straße und spielt
für eine gruppe aus israel hava nagila
da spazieren sie leichtfüßig in den nahen park
und fangen an zu tanzen
ein paar kleine turteltauben schrecken
aus den beeten hoch und setzen sich auf die drähte der
elektrischen omnibuslinie und schauen
neugierig auf das bunte treiben
und fliegen dann im kreis um die köpfe der tanzenden
die mit ihren tüchern wie blüten aussehen
und dann können auch wir nicht länger
stehenbleiben und fangen auch an zu tanzen
inmitten der stadt czernowitz
wo man die straßen mit
rosensträußen fegt

das lied auf dem marktplatz von stryi

hast du angst vor rumänien
furcht davor in die ukraine zu fahren
erscheint dir die durchquerung ungarns wie ein horrortrip
und moldawien
hat dir jemals jemand davon erzählt
und kannst du mir sagen wem dieses gotteshaus in galizien gehört
den griechisch katholischen unierten altorthodoxen
römisch-armenischen den georgisch-orthodoxen
oder den neuerdings hier hausenden adventisten
wachttürmlern oder protestanten
den juden jedenfalls nicht mehr
die wurden bis 1945 ermordet
umgesiedelt verschickt vertrieben
ihre synagogen sind heute lagerhäuser
und ruinen und von ihren vierteln ist
nichts mehr übrig geblieben
auch die letzten polen haben sie
1945 über die grenze geschickt
nur eine handvoll transkarpatische ungarn
durfte bleiben
die zählen nicht
aber ruthenen sind reichlich
gekommen und geblieben
denen war
russland nicht fremd
die krim ist auch nicht weit von hier
von der sie einst
die tataren vertrieben
von denen der größte teil

in zügen sein leben
ließ
ein paar männer
singen auf dem
markt von stryi ein
lied in einer sehr
fremden
sprache

wisst ihr wann mein kindchen am schönsten ist

die kleine braunhäutige frau
hält das kleine braunhäutige kind
mit den dunklen locken
ganz gut fest seine schwarzen augen
sind so sanft und tief wie ein
mutterkuss das kind hat ein kleines gesicht
und dieses kleine gesicht ist ganz alt
aber das kind ist doch noch ganz klein und es trägt schwarze
lackschnallenschuhe an seinen
winzigen füßen und seine
augen strahlen als die frau mit der braunen haut
ihm etwas in die ohren sagt etwas liebes
war es wohl
denn eben hat sie noch etwas hässliches
gesagt aber nicht zu dem kind sondern
zu der blonden frau die ihr nichts geben
wollte obwohl sie ihr die hand entgegenhielt
da hat es sie nicht mehr auf dem boden gehalten
aufgesprungen ist sie und hat die blonde
frau angeschrien in ihrer sprache und mit
blicken hätte sie sie getötet wenn sie gekonnt hätte
dann ist sie wieder auf den
boden gesunken und
sie hält das kindlein umschlungen
das ist ein schönes bild ein
warmes bild

eschenalleen

die eschen sind vom pilz befallen
ihr laub trudelt herunter liegt am
fuß des stammes da in dicken haufen
nun stechen die spitzen
äste ganz nackt und schwarz
in den blauen himmel der bukowina
paar stare sitzen russisch träumend
in den zweigen und denken an die gute
an die alte zeit als alles noch heil war
und sie wiederholen das was manche menschen
hier oft sagen als jeder arbeit hatte
jeder ein dach über dem kopf als die
eschen noch ein dichtes dach bildeten über
den köpfen da fühlten wir uns
beschützt

transkarpatisches gedicht

die falter sind violett und orangebraun und je
nach licht und sonnenstand über den
transkarpatischen bergen fahren die sorgen
hinüber in die slowakei
und am morgen
steht des mondes sichel ganz schmal im osten
und sieht aus wie der säbel des ungarn über dem kamin
die falter schlafen am abend wieder ein ermüdet vom flattern
und saugen am brombeernektar an zinnien
und tagetesblüten und die laster
die tagaus tagein
über die steinig löchrigen straßen ostwärts rumpeln
nehmen jetzt erst recht fahrt auf
gleichzeitig mit den fledermäusen
die erwachen taumelnd hochfliegen
verschwindet das letzte licht im westen
und es wird nacht

geklungen

der wie ein baum ist

ich würde könnte ich mir's aussuchen am
wasser stehen und möchte meine
gretelfinger tunken die spitzen
immerzu ins kühle nass

die buche hier bei uns im
garten wollte noch höher wachsen als mein vater und
steht so sorglos da mit ihren langen armen die
soll sie ausbreiten sie hat mit aller welt erbarmen

und eine freundin sagt sie möchte gern der
feigenbaum sein den sie schon lange hegt
und pflegt sie könnte zweimal jährlich früchte tragen
die wären süß und klein

das kind das manchmal bei uns ist
und das zu kämpfen nie vergisst muss sich
dann immer speere schnitzen und nimmt die
zweige von der esche die hat so feste spitzen

du möchtest sein ein mensch aus eichenholz
denn unter eichen ward einst saul begraben
die schwache birke wegzuhauen kannst du kaum erwarten
es dürfen nicht noch mehr bäume in unseren garten

ich wollt ich hätt ein mutterland
und möchte dort die trauerweide sein
ich würd am wasser stehn und tunkte meine
gretelfinger immer ins kühle nass hinein

fitness

sie hat den oberkörper ganz leicht
vorgeneigt und dann den knopf gedrückt der rücken
bleibt im stuhl und schultern wirbelsäule ab nach vorn
und dabei nicht vergessen

gegen den widerstand drücken
die arme kreuzen vor der brust den rücken
strecken der harnisch der beschützt sie
macht sie unangreifbar

er hat den oberkörper so wie sie jetzt eben
vorgeneigt aber er ist ganz steif
als hätt er morbus bechterew und nicht wie sie
nur leichte rückenschmerzen und zuweilen ischias
die arme hält er vor der brust gekreuzt die hände
seine finger fein ziseliert

als sie dann zu ihm geht und ihn fragt wo es wohl schmerzt
und ob die schulterblätter krachen wenn er fliegt
und ob es wehtut wenn er vom gecrashten auto aufsteigt
ob er wie sie auch ständig sehnsucht hat nach warmen
tagen schaut er sie blicklos traurig an da würd sie gerne
doch sie hat muskelkater und kann ihn nicht umarmen

paulus am 25. Januar 2017

nach damaskus da wo die bösen geister wohnen
fährt er ahnungslos hin

im geländewagenstau stehend sieht er
ein mädchen das ist zu klein für sein alter

nach jasmin duftete es in diesen straßen die heute
weil es regnet pfützentief voll matsch stehen

das mädchen hat läuse ihr gesicht ist voll schmutz
an dieser stelle war früher eine falafelbude

vor den kneipen riecht es immer noch nach anisschnaps
und dünne hunde laufen dem kind hinterher

sie kommt von ihren eltern die längst nicht mehr leben
und geht in eine schule die zerbombt worden ist

er lässt das seitenfenster runter
und schaut hinaus da bleibt sie stehen und spricht ihn an

warum verfolgst du mich
wer bist du fremder mann

in damaskus da wo die bösen dschinnen sind
traf der gottverlorene paulus ein kind

trauen

seit sie über das meer hierherkam
geht sie nur noch am arm ihrer mutter aus und
nie alleine aus dem haus

ihre schwester hat den mann verloren
deren kind hat seinen vater nie kennengelernt
sie hören noch jede nacht das singen der granaten

sie ist glücklich als sie endlich
in derselben sprache spricht wie ich
den teppich trägt sie immer in der tasche mit sich

ein brot das jemand weggeworfen hat hebt
sie mit handschuhhänden auf das ist sünde
in ihrem glauben das brot gibt sie den tauben

bin ich bei ihr zu haus zieh ich die
schuhe im eingang aus stell sie an die wand
und gebe keinem mann die hand

hier ist frieden ihre wohnung
ist warm die frauen machen tee
schütteln ihre haare und lachen mich an

und friede auf erden

die mädchen kreischen wallah
als sie mich sehen und lassen ihre handys
in ihre übervollen handtaschen fallen
und gehen unschuldig schauend davon
und ein paar jungen laufen ganz
übermütig lachend durch die gänge
springen die treppe herunter
und rufen unten angekommen
allahu akbar
ich denke an karl may und
stehe lächelnd an der tür zum klassenraum
und begrüße zwei schüler
die grüßen zurück
als die glocke klingelt
wird es drinnen immer lauter und
alles redet alles ruft und der geruch
von deo und erwartung liegt in der luft
dann gehe ich nach vorne zum pult
und zünde die erste kerze an
und auf einmal sind sie alle stumm
und als ich mich umdrehe
sehe ich in dreißig augenpaaren
das leuchten des kerzenlichts
und wieder fällt mir karl may ein
salem aleikum

tsstss

ich war jung und ging mit nackten armen
als du mich angespuckt hast
die stelle unterhalb des ellenbogens
schmerzt noch heute
ich duzte dich und vermutete dich in allen dingen
und suchte nach dir in den schmutzigen
straßen von tel aviv und beersheba
und landete in jerusalem und fand dich nicht
dafür aber ein paar arabische
jungs die am aufgang nach golgatha
wohnten und dort blieben und mir
noch lange verliebte briefe schrieben
bis sie von einem auf den anderen tag verschwanden
ich kam damals nicht auf die idee
sie nach ihrem gott zu befragen
du hättest es mir sagen können
vielleicht warst du es der
anschließend mit mir in alle
himmelsrichtungen gereist ist
vielleicht warst du es der
immer mal wieder
eine feder vom himmel hat fallen lassen
wenn ich ans mittelmeer kam
und an akko und haifa dachte
und an die anderen orte
an denen ich dich nicht hörte
oh mein gott an engelshaar konnte ich
in den basaren hier auf erden
mehr kaufen als von dir

und wenn die schmerzende stelle am arm nicht wär
hätte ich dich vielleicht längst vergessen
und liefe dir nicht immer noch
hinterher

manna

sand fehlte dort nichts war an diesem ort
außer viel steinen schlangen und geröll
und irgendwo eine ganz trockene rose von jericho
ostern stand kurz bevor
und sabbat war und außer trocknen matzen
gab es gar nichts zu essen
wir mochten uns nicht beklagen
und es war heiß gegen die
wüstensonne banden wir uns tücher
um kopf und schultern
das half gegen die sonne
aber nicht gegen den hunger

das was wie wüste war
sah trostlos aus so viele wege zogen fort
in namenlose berge der himmel stand sehr
tief dahinter er war morgens erst grau
dann wurd er heiß und blau
wir hatten eine kleine flasche wasser und
ein paar matzen in der tasche
und waren verloren in dieser welt aus schlangen
und gestein und bissen als es nicht mehr ging
doch in das trockene brot und tranken
und plötzlich war alles so lieblich so schön
was waren wir da bloß froh

schluss

goldammern

die schwarzen silhouetten die am fenster
klebten hab ich
vorm saubermachen abgekratzt
die jahreszeit bringt helles gelbes leuchten
das dringt bis in mein haus hinein

das vogelpärchen ist zur balz
entschlossen es fliegt im
sonnenlicht von den vom maitau
schweren blättern auf
torkelt und schnäbelt ludert balzt

und übersieht im wilden gattentanz
das glas das trennend zwischen
haus und draußen ist
wenn sie nicht blind vor glück geflogen wären
lägen sie jetzt nicht so da mit dem gebrochenen genick

mir ist als hätte eben jemand
ganz leise angeklopft
war es der wind frage ich mich
und gehe hin zum tor und öffne es
da steht der tod davor

anemonen

der lorbeer ward ins haus geholt und
träumt im winterschlaf vom frühling der
ein land ist wo die sonne ständig scheint
und wo sie immergleich am himmel steht
und stets zur selben späten stunde untergeht

die anderen pflanzen die noch draußen sind
kämpfen nun mit dem januar versinken
ganz in ihren tiefgefrornen kübeln
und recken ihre kahlen apfellosen äste hoch nach oben
und strecken sie weit fort vom allzu kalten boden

im garten wachsen manche anemonen
die letzten winter allem kühlen trotzten und
bis ins frühjahr blühten aber itzt hält der frost so lange
bittren einzug bis ihre blütenblätter ganz schlapp hängen
dann hat der weiche pflanzentod sie schon in seinen fängen

der lorbeer schreckt als er ihr leises fallen hört
im schlaf hoch er weiß nichts vom todeskampf
der anemonen er hält sich an die zeit die ihm genetisch
vorgegeben ist und träumt jetzt weiter von dem lauen wind
und von den sonnenstrahlen die der maien bringt

im februar

die rotbuche reckt ihre grünbemoosten äste
fast so als wäre sie verzweifelt in die höhe
und weil der winter wenig
kälte brachte schwimmen die goldfische
schon wieder an des teiches oberfläche
schneebeeren stehen dort am rand weiß
leuchtend locken sie die dienstagssonne die heute
laut prognose
anderthalb stunden scheinen soll
dann kommt die schwarze krähe
landet erst auf der buche
die ganz unbeweglich wirkt
dann geht sie unten auf dem rasen
ganz langsam hin und her
die buche reckt die äste über
teich und haus
das sieht verzweifelt aus

listen

mein liebster kommt von 'ner beerdigung und
sagt es sei ganz unverzeihlich
hand an sich zu legen

und ich muss an die listen denken die es schon
immer gab zum beispiel auch im
haus der großeltern in büchern heften schubladen
die zettel die ich fand als sie gestorben waren

die totenliste die ich mir
jetzt vornehme und die ich mit
dem kugelschreiber weiterführe weil es
nichts zu radieren gibt ist ganz besonders lang

paar freunde sind durch eigne hand gestorben
paar haben's mal versucht und wurden krank
und starben später doch und ein paar andere
waren ganz einfach alt

das waren die aus der
verwandtschaft wo blutdruck und gehirnschlag
fast immer grund war nur wen'ge waren
jung das war viel schlimmer

und ich vergesse nie wie sie ganz zuletzt ausgesehen haben
besonders die mit krebs
ein paar verstarben auch an rauschgift
die anderen leben noch

ich lege meinen stift hin und schaue in den kalten garten
wo in der winterbuche eine krähe sitzt und krächzt
und zu mir hinschaut die sah ich oft und seh sie
heut mit andren augen ruft sie mich etwa zu sich

da höre ich die stimme meines liebsten
er sagt dass ich mal kommen soll
die liste wandert in den schreibtisch
zu einkaufszetteln und tododingen

mit listen und mit krähen ist für heute schluss
ich gehe runter in die küche
und schlag das kochbuch auf weil ich
jetzt mittagessen kochen muss

von west

der meiler hat so steht es in der
zeitung seit über einem jahr
300 neue risse ich sag die zahl
den ganzen tag im kopf mit leiser stimme vor mich her
300 neue 300 neue die zahl
kommt mir gigantisch vor
als ich sie dir sage siehst du mich an und
antwortest da macht man doch nichts dran
da haben wir als kleine leute
doch keinen einfluss drauf
vergiss nur immer nicht die jodtabletten einzupacken
die sie uns allen gaben und bring am
morgen wenn die jalousie den tag reinlässt
bloß nur das gelbe schild hinter dem glas
vom badezimmerfenster an dann können die nachbarn
sehen
wofür genau wir stehen
ach ja und vergiss nicht das auto aufzutanken
sie schreiben heute in der Zeitung
bei einem atomunfall dort
in doel oder tihange haben wir
gut eine stunde zeit um
zu verschwinden erst dann
kommt das giftige zeug
mit den winden
von west

grün

du hebst den kopf hoch zu den reifen trauben
da turnen sie zwischen den beeren du drehst dich um
und siehst sie rennen auf der pergola
mit weißem bauch und weichem fell
von unten kannst du sie
ganz gut erkennen

da laufen sie der mond
scheint halb und halb
und macht die nacht so schwarz du wartest dass
was auf das blütenweiße tischtuch fällt
und hörst den sternen zu bist
abgelenkt beim gutnachtsingen

da huschen sie
die wolken ziehn am abendhimmel hin
der käuzchenschrei fliegt über die distanzen
ein feigenblatt fällt langsam trudelt
erreicht den immerwarmen boden du lauschst du
hörst ihr rennen pfeifen denken

da sind sie wieder
du wirfst das grüne gift aufs dach und legst es dann
vor alle löcher tunnel und verstecke dafür musst du dich bücken
und ihr geruch ist dir ganz seltsam und vertraut
der wein ist bald schon reif es ist jetzt höchste zeit zum
ratten dezimieren du willst die trauben pflücken

entblättern

die rosen hier im garten sind
befallen auf allen blättern sitzen
schwarze und auch gelbe punkte
und halten sich mit letzter kraft
an ihren zweigen fest dann geht's nicht mehr
dann trudeln sie ganz langsam richtung erde
und auch der wein der voller reben hängt
hat schwarze pocken auf den blättern die
soll man abpflücken damit mehr
luft drankommt sie
anschließend ganz radikal entsorgen
mein gartenlied macht auch nicht halt
vorm pfirsichbaum
der kaum gepflanzt schon anfängt sich ganz stark
zu kräuseln und dessen wen'ge früchte weich wurden
die konnte man nicht essen genauso wenig wie die
tomaten die auf der einen seite fast alle braun geworden sind
der stiel knickte und die paar gelb gewordnen früchte
liegen ganz todesmatt am fuß der pflanze
alles ist krank
seit einem unfall hier im garten
bei dem ich fiel
kann ich nur noch ganz langsam an
den rosen
vorübergehen

ganz ruhig

dein kind sagt als das glas zu
boden fällt und bricht jetzt
ist der opa tot

als er dann kurze zeit danach
tatsächlich unerwartet stirbt
kommt dir das vor wie eine prophezeiung

die nachbarn redeten am tag zuvor davon
im schwimmbad sei einer ganz jämmerlich
versunken und ertrunken

du weißt nicht was du sagen sollst als
dich ein kind fragt was
der tod ist

du warst in london wo es einen gibt
dem zahlst du viel damit er den kontakt herstellt
zur anderen welt und deinen eltern

und eine schwalbe fliegt zum fenster rein
und will partout nicht wieder raus zwitschert
und flieht von einer ecke in die andere

du sagst am telefon es geht dir besser und verschweigst
den arzt der dir gesagt hat dass du nur
noch vier tage hast

die eule die da draußen schreit hat dich
leider nicht mitgenommen ein großer vogel
wäre gut um fliegend von hier fortzukommen

und nachts als du schon lang nicht mehr an sie
gedacht hast tritt deine mutter an dein bett
setzt sich zu dir nimmt deine hand und sagt

in meinem haus
sind viele wohnungen

falki

wir müssen dir etwas ganz trauriges mitteilen
sagt mir die mutter am telefon
diese woche ist schon
wieder jemand verstorben
es klingelt
ich muss eben aufmachen gehen
mein kleiner blonder
klavierschüler kommt
schüchtern zur tür herein grüßt geht
durch den flur hin zum klavier
schaut mich dabei nicht an
und dann
wer?
dein alter klavierlehrer
der kantor war so viele jahre
und nun schon lang dement ist
und in der neustadt im betreuten wohnen lebt
machte sich auf den weiten weg nach
hause auf föhr wo er jedoch
nie angekommen ist
am freitag ist die trauerfeier
ich geh ins wohnzimmer
mein schüler sitzt schon auf der bank
stellt seine füße in den blauen plastikschuhen
ganz akkurat unter die klaviatur
und setzt die hand auf
genauso wie mein alter klavierlehrer
es mir einmal gezeigt hat
und während ich versuche das weh

tun nicht zuzulassen
drückt er ganz vorsichtig
und leise
das eingestrichne c

glauben

das vor dem fenster da das
sieht doch nur so aus wie schnee aber
die krähe die von ihrem nest
im kahlen baum in meine richtung fliegt
ist regennass die temperaturen reichen
diesen winter nicht ums nasse zu gefrieren

die mauer vor dem fenster da
ist oben grün sie bauten sie vor mehr als tausend jahren
und sie erträgt den regen schnee
und hagel blitz und donner ohne klagen
sie ist ganz schmutzig krumm ist sie auch
sie sieht so aus wie von ’nem dicken alten mann der bauch

das vor dem fenster da das hat der
liebe gott gemacht der dunkel sendet
krähen krächzen lässt die sind ganz schwarz ihr federkleid ganz nass
er lässt die winterbäume die ich hinter dem
fenster sehen kann ganz blätterlos
und zitternd stehen

ambrosia

In memoriam Rolf Persch

kräuterprinten
aus aachen mitgebracht
in seine wohnstube tief in der eifel dort wo
noch anfang märz der schnee
die grenze zwischen land und der provinz markiert
gib her sagt er
das sieht ja fast aus wie ambrosia
nimmt sie in seine reichlich dünnen finger
und dippt sie dann in heißes kräuterwasser
nippt daran und sein blick
ist in sich selbst gerichtet
und schon zum himmel hin
das ist 'ne gute Henkersmahlzeit
er taucht die printe abermals in seinen tee
es muss ganz weich sein dies ambrosia
denn meine zähne sitzen
lang schon lose
er leckt am keks und lacht
er will nicht dass ich traurig bin
er mag mir nicht sagen
dass ihm die printe schon gar
nicht mehr schmeckt

Inhalt